MEIN WIEN

MEIN WIEN

EINE HOMMAGE IN BILDERN

echomedia

MEIN WIEN

52 FOTOGRAFEN
52 BLICKWEISEN AUF WIEN

MEIN WIEN
AUFTAKT

2009 ist Wien von der international tätigen Mercer Consulting Group erstmals als die Stadt mit der weltweit höchsten Lebensqualität ausgezeichnet worden. Eine außergewöhnliche Auszeichnung, die Anlass genug war, Wien eine Hommage in Bildern zukommen zu lassen. Unter dem Titel MEIN WIEN haben wir, der echomedia verlag, Fotografinnen und Fotografen gebeten, ihr ganz persönliches Wienbild, ihre Wienbilder, für dieses Projekt zur Verfügung zu stellen – zusammen mit einer Anmerkung, was ihnen dieses Bild bedeutet, wie es entstanden ist und was ihr persönlicher Bezug zu Wien ist.

52 Fotoprofis haben uns für die 52 Wochen des Jahres 52 Blickweisen auf Wien eröffnet: Vertrautes, Verstecktes, Überraschendes, Bekanntes und Unbekanntes. Die Vielfalt der Donaumetropole aus einem sehr subjektiven Blickwinkel, durch die Fotolinse eingefangen.

Das ist die Entstehungsgeschichte dieses Bildbandes. Und weil diese Lebensqualität, für die Wien ausgezeichnet wurde, für sehr, sehr viele Menschen, speziell in der Dritten Welt, nicht einmal ansatzweise vorstellbar ist, setzt dieser Band auch ein Zeichen. Der Gedanke, Menschen einen „Lichtblick" – im wahrsten Sinne des Wortes – zu schenken, war für uns der Ausgangspunkt bei diesem Projekt.
Alle fünf Sekunden erblindet ein Mensch in der Dritten Welt, jede Minute ein Kind. Die Organisation LICHT FÜR DIE WELT hilft den an einer Augenkrankheit leidenden, blinden oder anders behinderten Menschen in den Armutsgebieten unserer Erde. Durch den Verkauf dieses Buches möchten wir diese Aktion tatkräftig unterstützen.

MEIN WIEN
VORWORT DR. MICHAEL HÄUPL

Ich behaupte einmal: Jede Wienerin, jeder Wiener hat ein anderes Bild von seiner Stadt. Denn man nimmt ja immer nur jene Bereiche der Stadt wahr, in denen man sich bewegt und die einem etwas bedeuten. Und so sind auf dieser ganz persönlichen Landkarte der eigenen Stadtgefühle beispielsweise Geburtsort, erstes Rendezvous, Wohngegenden, Arbeitsplatz usw. mit Markierungen versehen. Je älter man wird, desto mehr Stecknadeln hat diese ganz persönliche Wienkarte. Und doch: Es ist immer nur ein Teil der Stadt, mit dem man Emotionen verbindet. Ja, Wien ist groß, und man kann sich bis ans Lebensende neue Orte erschließen. Zumal sich die Stadt ja auch Jahr für Jahr wandelt, sodass man sowieso nie ganz Wien wirklich kennen kann. Auf der Internetseite www.karl-kraus.net sind beispielsweise alle Orte verzeichnet, die mit Karl Kraus in Verbindung standen. Vom Haus, in dem die erste Ausgabe der „Fackel" gedruckt wurde (Bauernmarkt 3), über seine Wohnung in der Lothringerstraße bis zum Grab „am Zentral". Kraus sagte ja über die Stimmung der Wiener, sie sei „das ewige Stimmen eines Orchesters". Ein Satz, über den man lange nachdenken kann.

Mein ganz persönliches Wien ist das Wien eines „Binnenemigranten" aus Niederösterreich. Wie so viele meiner Freunde bin ich zum Studieren nach Wien gekommen und habe hier die typische Sozialisation eines „Zuagrasten" erlebt. Ich war sozusagen sofort mitten im Überlebenskampf als Angehöriger einer Minderheit: als „Gscherter" und als Student – noch dazu als linker Student. Seit damals weiß ich, was es heißt, seinen Platz in Wien suchen – und finden zu müssen. Aber wie man an meinem Beispiel sieht, kann man in Wien – nach einer gewissen Zeit – ja trotzdem was werden ...

Und das gehört ja auch zur Qualität dieser Stadt: Dass sie Menschen integrieren kann. Nehmen wir die „Ziegelböhmen". Sie waren zu ihrer Zeit ja auch nicht beliebt. Aber viele sind über die Jahre Wiener, echte Wiener, geworden und heute würde nicht nur das Telefonbuch ohne sie anders ausschauen. Auch Karl Kraus wurde ja in Böhmen geboren und gilt heute als Ur-Wiener.

Unsere Stadt war schon in der Vergangenheit international und ist es auch heute noch. Darauf können wir – auch wenn das nicht von allen so gesehen wird – stolz sein. Die Wiener Kultur, die

DR. MICHAEL HÄUPL

KAM 1949 IN ALTLENGBACH, NIEDERÖSTERREICH, ZUR WELT, STUDIERTE BIOLOGIE UND IST SEIT 1994 BÜRGERMEISTER UND LANDESHAUPTMANN VON WIEN.

Wissenschaft und selbstverständlich auch die Wirtschaft profitieren von dieser Internationalität. Wien hatte nach dem Fall des Eisernen Vorhangs die große Chance, zu einem der Zentren Mitteleuropas zu werden. Und ich denke, wir haben diese Chance genützt. Wir haben mit Niederösterreich und dem Burgenland und mit den angrenzenden Staaten Ungarn und der Slowakei die Region CENTROPE begründet. Wien spielt in dieser neuen, zunehmend vernetzten Welt eine große Rolle – nicht zuletzt durch sein enormes Ansehen in den Balkanstaaten.
Aber das alles gibt's nicht umsonst – und schon gar nicht zufällig. Grundlage dafür ist ein weltweit beachtetes Konzept von Politik, das wir seit Jahrzehnten konsequent praktizieren. Ein sehr wienerischer Spagat, eine Melange aus Tradition und Moderne, größtmöglicher Investionsbereitschaft und grundsolider Haushaltspolitik. Vor allem aber eine Politik, die Wien und die Grundbedürfnisse der Wiener in den Mittelpunkt stellt: Arbeit, Wohnen, Bildung, Zukunft, faire Chancen, Lebensqualität für alle. Deshalb ist der erste Platz in der renommierten Mercer-Studie für mich so eine wichtige und wertvolle Auszeichnung.
Was mir für Wien vorschwebt, ist die Vision, dass wir neben der Welthauptstadt der Lebensqualität, der Weltstadt der Kultur, auch eine Weltstadt des Wissens werden. In der Vergangenheit hatte Wien eine Reihe von Nobelpreisträgern und – das wird ja zum Beispiel in Amerika heute wiederentdeckt – wir hatten – Stichwort Wiener Kreis – eine eigene philosophische Schule. Und dieser philosophische Überbau von Kunst, Kultur und Wissenschaft in seiner ganzen Diversität ist etwas wirklich Faszinierendes.
„Hast du vom Kahlenberg die Stadt dir nur beseh'n, so wirst du, was ich schrieb und was ich bin, versteh'n!", heißt es bei Karl Kraus in den „Aphorismen". Wieder so ein Satz zum Nachdenken. Aber das wäre ja auch das ideale Wien: Eine Stadt, in der viele ihrer Bewohner an den grundlegenden Fragen unserer Zeit arbeiten. Wien als Labor für die Zukunft der Welt. Mehr können wir uns nicht wünschen.

MEIN WIEN

VORWORT WILLIBALD CERNKO

Es fällt mir gar nicht leicht, meine Lieblingsorte in Wien zu benennen, weil es in dieser wundervollen Stadt so viele schöne Gebäude, Grätzeln und Gegenden gibt – und natürlich sehr viele interessante Menschen. Jeder meiner ganz persönlichen Lieblingsorte hat seine eigene Geschichte und seinen Charme.

An erster Stelle nenne ich die Schottengasse mit dem altehrwürdigen Gebäude der Creditanstalt, in dem die Bank Austria ihren Sitz hat. Die Schottengasse steht für meine Bank und meinen Beruf, also für einen wichtigen Teil meines Lebens und meines Alltags. Nur wenige hundert Meter weiter steht das Rathaus als Symbol für die Stadt Wien, mit der unser Haus seit vielen Jahrzehnten eine enge Partnerschaft verbindet. Vor allem im Kulturbereich leistet die Bank Austria sehr engagiert und nachhaltig ihren Beitrag zur hohen Lebensqualität in unserer Bundeshauptstadt.

Ebenso eng verbunden fühle ich mich dem 8. Bezirk, in dem meine Frau und ich wohnen. Der Anteil an jungen Leuten, darunter viele Studierende, liegt in diesem dicht verbauten Bezirk um einiges über dem wienweiten Durchschnitt. Die Josefstadt ist im Kleinen das, was ich auch an Wien als Ganzes außerordentlich schätze: Sie ist eine Stadt der Vielfalt, in der es sich richtig gut leben lässt! Und auch die in den vergangenen Jahren und Jahrzehnten zugewanderten Menschen und ihre Kinder, die man auf der Straße vielleicht noch mit serbischem, polnischem oder türkischem Akzent sprechen hört, sprechen immer von „ihrem" Wien! Apropos Sprechen: Auch wenn das vielleicht nicht alle genauso sehen – ich finde, in Wien klingt sogar das traditionelle „Raunzen" oft noch liebevoll.

Ein weiterer Ort, an dem ich herrlich ausspannen und mir den Kopf frei machen kann, ist der Grüne Prater. Daran liebe ich vor allem die Wiesen, die Kastanienalleen und die Pferde. Das

Schöne am Prater ist: Man ist quasi „auf dem Land“ und doch in der Stadt, jede Jahreszeit bietet hier viele Möglichkeiten der Erholung und der Aktivität.

Meine Leidenschaft für klassische Konzerte führt mich regelmäßig in den Musikverein mit seinem fantastischen Goldenen Saal – leider nicht ganz so oft, wie ich mir das wünschen würde. Ein weiterer Ort, den ich in Wien auf keinen Fall missen möchte, ist der Naschmarkt. Mit seinen vielfältigen Sinneseindrücken, seiner üppigen Palette von frischem Obst und Gemüse, Gewürzen, Fisch und Fleisch bis hin zu seinem internationalen Gastronomieangebot muss man den Naschmarkt einfach ins Herz schließen.

Auch wenn die Wiener – frei nach dem großen Kabarettisten Karl Farkas – angeblich am liebsten vertrauensvoll in ihre Vergangenheit blicken: Wien ist meine ganz persönliche Weltstadt im Herzen Europas, in der ein großes historisches Erbe auf Vielfalt, Lebensfreude und Kreativität trifft!

WILLIBALD CERNKO

WURDE 1956 IN DER STEIERMARK GEBOREN, BESUCHTE DIE HANDELSAKADEMIE SOWIE DIE EXPORTAKADEMIE AN DER WIRTSCHAFTSUNIVERSITÄT WIEN UND WURDE 2009 – NACH MEHR ALS 25 JAHREN BERUFSLAUFBAHN IM BANKWESEN – ZUM VORSTANDSVORSITZENDEN DER BANK AUSTRIA BESTELLT.

TONI ANZENBERGER
CHRISTINA ANZENBERGER-FINK
LUKAS BECK
ELISABETH CZIHAK
WILLY DENK
HUBERT DIMKO
MARTINA DRAPER
BUBU DUJMIC
CLAUDIA EL-MORSI
ROBERT FLEISCHANDERL
JOSEF GALLAUER
GIANMARIA GAVA
CHRISTINE DE GRANCY

INGE PRADER
CLAUDIA PRIELER
THOMAS RAAB
ARMAN RASTEGAR
MIRJAM REITHER
REINER RIEDLER
PETER RIGAUD
GEORG RIHA
LUDWIG SCHEDL
MORITZ SCHELL
MATTHIAS SCHICKHOFER
ERICH SCHLEYER
NORA SCHUSTER-MERLICEK

52 FOTOGRAFEN
52 NAMEN

SABINE HAUSWIRTH
PHILIPP HORAK
MICHAEL HOROWITZ
CHRISTIAN JOBST
STEFAN JOHAM
FRANZ KILLMEYER
STEFAN KÖLL
PETER KORRAK
ANTON LICHTENBERGER
JULIA MAETZL
HERBERT NEUBAUER
RONNIE NIEDERMEYER
FERRY NIELSEN

MURAD ŞEKERLI
ELFIE SEMOTAN
CHRIS SINGER
GEORG TITZE
GERHARD TRUMLER
JOSEPH H. WACKERLE
JULIA WESELY
INGO CORADO WESSELY
KURT-MICHAEL WESTERMANN
ERWIN WURM
SEVERIN WURNIG
JOHANNES ZINNER
ROBERT ZOLLES

Kreuzrose des Südturms des Stephansdoms, 1. Bezirk, 1990

GEORG RIHA

DIESE AUFWENDIG HERGESTELLTE AUFNAHME ZEIGT DAS BERÜHMTESTE WAHRZEICHEN WIENS AUS EINER UNGEWÖHNLICHEN UND FASZINIERENDEN PERSPEKTIVE. ES BRINGT MEINE TIEFE UND LANGJÄHRIGE VERBUNDENHEIT MIT MEINER HEIMATSTADT ZUM AUSDRUCK. AUF MEINEM WEG DER VISUELLEN ANNÄHERUNG AN DIE BEDEUTENDSTEN SYMBOLE ÖSTERREICHS, ZÄHLEN MEINE ARBEITEN ÜBER DEN STEPHANSDOM MIT SICHERHEIT ZU DEN HÖHEPUNKTEN MEINES KÜNSTLERISCHEN SCHAFFENS.

Prater, 2. Bezirk, 1978

ELFIE SEMOTAN

ALS ICH ALS KLEINES MÄDCHEN ZUM ERSTEN MAL NACH WIEN KAM, BEEINDRUCKTEN MICH IM PRATER AM STÄRKSTEN ZWEI DINGE: DER WALFISCH UND DER TOBOGGAN, EIN TURM MIT EINER LANGEN RUTSCHBAHN. ICH KANNTE VIELE MÄRCHEN, IN DENEN WALFISCHE EINE ROLLE SPIELTEN, UND DIESER WAL SAH GENAU SO AUS, WIE ICH IHN MIR VORGESTELLT HATTE. EINMAL DURFTE ICH AUF DEN TURM. AUF DEM SICH AUF EINER ROLLE NACH OBEN BEWEGENDEN TEPPICH KONNTE ICH MICH KAUM AUFRECHT HALTEN. OBEN IN DER SPITZE DES TURMES GAB ES KLEINE FLECKERLTEPPICHE, AUF DENEN MEINE MUTTER UND ICH HINUNTER RUTSCHTEN. ICH HATTE EIN BISSCHEN ANGST. MEINE MUTTER RUTSCHTE SCHNELLER, UND ICH WAR ALLEIN. SPÄTER ERFUHREN WIR, DASS AUF DIESER RUTSCHBAHN EIN UNFALL PASSIERT WAR. DER TURM WAR VON DA AN GESPERRT UND GEHEIMNISVOLL.

SUN COMPANY
BANK
Mehr Töne. Mehr Spaß.

U-Bahn- und Straßenbahnstation Hietzing, 13. Bezirk, 2004

Die Londoner „The Tiger Lillies“ in der Station Südtiroler Platz, 4. Bezirk, 2001

LUKAS BECK

DAS KUNSTWERK AUF DEM DACH DER STRASSENBAHN-STATION HIETZING IST DA – GENIAL! ABER MAN KANN ES NUR AUS DER LUFT SEHEN. DIE RENNSTRECKE „INTERVENTION F1“ WURDE VON VIER JUNGEN GRAFIKSTUDENTEN 2004 GEFERTIGT.

DAS KLEINE PRIVATKONZERT DER „TIGER LILLIES“ IN DER STATION SÜDTIROLER PLATZ: DIE ALARMIERTEN POLIZISTEN ERKANNTEN DIE DREI STARS AUS LONDON UND LAUSCHTEN AUCH DEM AUFTRITT IN DER STATION. MANCHMAL IST ES LEICHT, WIEN ZU MÖGEN.

Solotänzerin Karina Sarkissova bei der Generalprobe zum Opernball 2009, Staatsoper, 1. Bezirk, 2009

SEPP GALLAUER

MEINE LIEBE ZUM BALLETT
UND DIE ZUR OPER VERBINDEN
SICH IN DIESER SCHÖNEN
STADT ZU EINEM ERLEBNIS
DER BESONDEREN ART –
DEM OPERNBALL.

Harry-Seidler-Hochhaus, Blick in Richtung Zentrum, 22. Bezirk, 2002

PETER KORRAK

DER UMWERFENDE BLICK VON DER DACHTERRASSE EINER DER ZWEIGESCHOSSIGEN PENTHOUSE-WOHNUNGEN DES HARRY-SEIDLER-HOCHHAUSES. GUT ZU SEHEN IST, DASS DIE REICHSBRÜCKE IN VERLÄNGERUNG DER WAGRAMER STRASSE IN EINER ACHSE GENAU ZUM STEPHANSDOM FÜHRT. EBENFALLS GUT ZU SEHEN IST WIE ZENTRAL DIE STADTPLANUNG ORIENTIERT WAR.
EIN SELTENER ANBLICK IST AUCH DER REIZ DER ZUGEFRORENEN DONAU UND DIE KÜHLE FARBGEBUNG.

TANZCAFE JENSEITS
TANZCAFE JENSEITS

Tanzcafé Jenseits, 6. Bezirk, 2009

PHILIPP HORAK

DIE LEBENSQUALITÄT IN EINER STADT WIRD GEMESSEN AN GRÜNFLÄCHEN, MIETPREISEN, SICHERHEIT, INFRASTRUKTUR ... DIE CHARMANTEN VERRÜCKTHEITEN, DIE EINE STADT LIEBENSWERT MACHEN UND SOMIT BEDEUTEND ZUR LEBENSQUALITÄT BEITRAGEN, BERÜCKSICHTIGT DIESE BEWERTUNG WAHRSCHEINLICH NICHT. BEI MIR WÜRDE WIEN DAFÜR EINE EINS PLUS BEKOMMEN!

Kleiner Mozart, 14. Bezirk, 2007

MARTINA DRAPER

WIEN IST EIN HIT – DAMALS WIE HEUTE!

Fanzone der UEFA EURO 2008, 1. Bezirk, 2008

CHRISTIAN JOBST

WIEN IST LEBEN. WIEN IST FASZINIEREND. DAS VERKÖRPERT FÜR MICH VOR ALLEM DER RATHAUSPLATZ, DER MIT SEINEN VIELSEITIGEN NUTZUNGSMÖGLICHKEITEN EIN ANZIEHUNGSPUNKT GLEICHERMASSEN FÜR TOURISTEN WIE WIENER IST.

Wiener Eistraum, 1. Bezirk, 2009

CHRISTINE DE GRANCY

FAMA,
DIE GÖTTIN DER GERÜCHTE,
SCHWEBT ZWISCHEN HIMMEL
UND HELDENPLATZ UND
SCHWEIGT HIER OBEN,
SCHWATZHAFTIGKEIT KANN
ICH NICHT FESTSTELLEN.
SIE MUSS VON IHREM DURCH-
GEROSTETEN PODEST STEIGEN
UND SICH IN DIE HÄNDE DER
RESTAURATOREN BEGEBEN.

Heldenplatz, 1. Bezirk, 2009

BASRY
TRANSDANUBIA
Die Spedition
ORF
SPORT

links: Street Soccer Cup 2007, Donauinsel, 21. Bezirk, 2007
rechts: Post SV vs. Ostbahn XI, 17. Bezirk, 2007

JOHANNES ZINNER

ANLÄSSLICH DER FUSSBALL-EM IN ÖSTERREICH UND DER SCHWEIZ ENTSTAND 2008 EINE SERIE VON BILDERN – FOTOS VOM „WIENER UNTERHAUS“ UND NOCH WEITER DARUNTER. GUTE MOMENTE UND ECHTE PLÄTZE – FUSSBALL IN WIEN!

Kühwörther Wasser in der Unteren Lobau, 22. Bezirk/Landesgrenze NÖ, 2008

MATTHIAS SCHICKHOFER

HERBSTABEND AM UFER DES KÜHWÖRTHER WASSERS IN DER LOBAU. EIN PAAR FISCHERZILLEN VERLIEREN LANGSAM GEGEN DAS WASSER UND VERSINKEN. ENTFERNTE STADTGERÄUSCHE. UND SCHWARZBLAU KOMMT DIE NACHT.
SEIT MEHR ALS 25 JAHREN LEBE UND ARBEITE ICH IN WIEN. ICH LIEBE DIESE STADT. ABER ICH BRAUCHE AUCH WASSER- UND WALDGERUCH, HIMMELSWEITE, WIND, REGEN, GATSCH, DÄMMERUNG. AUFGEWACHSEN IM WALDVIERTEL, WERDE ICH DIE SEHNSUCHT DANACH NICHT LOS. ZUM GLÜCK BIETET WIEN AUCH ALL DAS UND SO SOLLTE ES AUCH BLEIBEN.

Nora Klambauer alias Velvety Gaura, Alte Donau, 22. Bezirk, 2009

STEFAN KÖLL

DIE ALTE DONAU PASST ALS LOCATION PERFEKT ZU VELVETY GAURAS TRAURIGEN, GEFÜHLVOLLEN LIEDERN. DER ZUGEFRORENE FLUSS UND DIE MYSTISCHE STIMMUNG AM BOOTSSTEG WIRKEN FAST UNHEIMLICH. ALL DAS IN VERBINDUNG MIT DER NEUEN MODERNEN SKYLINE IM HINTERGRUND GIBT DIESER WELTWEIT EINZIGARTIGEN LOCATION DAS GEWISSE ETWAS.

NORDSEE

Naschmarkt, 6. Bezirk, 2006

PETER RIGAUD

ICH WOLLTE IMMER IN WIEN LEBEN! ANFANG DER 1990ER JAHRE KAM ICH NACH MEINEM FOTODESIGN-STUDIUM VON BERLIN HIERHER, WO ALLES ETWAS LANGSAMER UND ÜBERSCHAUBARER WAR. WIEN HAT SICH IN DEN VERGANGENEN 15 JAHREN, SEIT ICH HIER LEBE, STARK ENTWICKELT UND VERÄNDERT. ABER WIEN IST SICH AUCH TREU GEBLIEBEN. MEINE BILDER VERSTEHEN SICH ALS „FOTOGRAFISCHE LIEBESERKLÄRUNG“ AN DIESE STADT MIT ALL IHREN ECKEN UND KANTEN, DEM FÜR SIE SO TYPISCHEN AUGENZWINKERN UND DER IRONIE.

SABINE HAUSWIRTH

WIEN WIRKT MAGNETISCH.
ES ZIEHT KREATIVE
RADIKALE AN.
DAS PHOTO IST MEIN
PERSÖNLICHER VERSUCH,
DIESE THEORIE ZU BEWEISEN
UND FÜR ANDERE SICHTBAR
ZU MACHEN!

Georg Baselitz im Hotel Bristol, 1. Bezirk, 2005

CAFE
DRECHSLER

Café Sacher, 1. Bezirk, 2006

CHRISTINA ANZENBERGER-FINK

FÜR MICH ALS „ZUGEREISTE WIENERIN" IST ES IMMER WIEDER FASZINIEREND, DIE UNSTERBLICHE WIENER KAFFEEHAUSTRADITION MIT IHREM ALTEHRWÜRDIGEN FLAIR EINER LÄNGST VERGANGENEN ZEIT NEBEN COOLEN SZENE-CAFÉS ZU SEHEN. SCHON DURCH DIE SCHEIBE DER EINGANGSTÜR DES CAFÉ DRECHSLER KANN MAN DIE HEIMELIGE ATMOSPHÄRE DES LOKALS ERAHNEN. NIRGENDS SONST AUF DER WELT FÜHLT MAN SICH IN EINEM KAFFEEHAUS SO ZU HAUSE WIE IN WIEN.

Café Drechsler, 6. Bezirk, 2007

RONNIE NIEDERMEYER

DIE WIENER LEBENSQUALITÄT ZEICHNET SICH FÜR MICH DURCH DIE GROSSE VIELFALT DIESER STADT AUS. ES SIND DIE ECKEN UND KANTEN, DIE ALLEN GLÄTTUNGSVERSUCHEN WIDERSTREBEN: UNIKATE, DIE IN MANCH ANDEREN METROPOLEN SCHON LÄNGST EINEM GLOBALISIERTEN STADTBILD WEICHEN MUSSTEN.

Einsiedlerbad, Städtisches Dampf- und Saunabad, 5. Bezirk, 2006–2007

Pinzgauer Bergziegen auf der Deponie Rautenweg, 22. Bezirk, 2006–2007

Leerstehendes Alters- und Pflegeheim im Westen Wiens, 2008

ELISABETH CZIHAK

DIE AUFNAHMEN „ALTROSA“ UND „BERGAHORN“ STEHEN FÜR EINE DER „RÜCKSEITEN“ WIENS. ICH BEGEBE MICH AUF SPURENSUCHE: WAS IST ABLESBAR AN DIESEN ORTEN? SIE ZEIGEN SPUREN DER BENUTZUNG UND VERWEISEN AUF LEBEN, DAS HIER EINMAL STATTGEFUNDEN HAT, SIND ALSO EBENSO BESTANDTEIL DIESER STADT.

K. u. k. Hofzuckerbäcker Demel, 1. Bezirk, 1993

KURT-MICHAEL WESTERMANN

DAS WELTBERÜHMTE CAFÉ DEMEL MIT SEINER SCHÖNEN DEKADENZ IST EIN SYNONYM FÜR DIE STADT MIT DER BESTEN LEBENSQUALITÄT. VOM DACH BIS ZUM KELLER DIESES HAUSES SPIEGELT SICH DAS WESEN WIENS: DIE VERFÜHRERISCHE SÜSSE DER HERRLICHEN MEHLSPEISEN, DIE HARTE EHRLICHE ARBEIT IN DEN GEDIEGENEN WERKSTÄTTEN UND DIE SCHÖNE VERGÄNGLICHKEIT – DIE „SCHÖNE LEICH'" – AM DACHBODEN.

Immigrantenfamilie, 21. Bezirk, 2008

CHRIS SINGER

WIEN IST EINE SEHR VIELSEITIGE STADT. HIER GIBT ES UNZÄHLIGE MOTIVE, KONTRASTE UND PLÄTZE, DIE ES WERT SIND, FOTOGRAFISCH FESTGEHALTEN ZU WERDEN.

Volkstheater, 7. Bezirk, 2009

ERICH SCHLEYER

WIEN IST FÜR MICH EIN THEATERRAUM, WO DIE TRAGÖDIEN UND LUSTSPIELE DER MENSCHEN, DIE DIESE STADT BESTIMMEN, AUSGESPIELT WERDEN.

Impression, 23. Bezirk, 2008

GREGOR TITZE

DIE UMGEBUNG MEINES STUDIOS IM INDUSTRIEGEBIET DIENT ALS AUSGANGSPUNKT VON FELDSTUDIEN, BEOBACHTUNGEN, AUFZEICHNUNGEN VON ALLZU OFT NICHT WAHRGENOMMENEN RÄUMEN.
DIE BEIDEN BILDER SIND TEIL EINER UMFASSENDEN BILDSERIE/DOKUMENTATION DES 23. WIENER GEMEINDEBEZIRKS.

Wohnpark „Alt Erlaa“, 23. Bezirk, 2008

Wattgasse, 16. Bezirk, 1995

ARMAN RASTEGAR

EIN BILD, DAS MIR IN VERBINDUNG MIT WIEN IMMER IM GEDÄCHTNIS BLEIBEN WIRD, ENTSTAND IN MEINER EHEMALIGEN WOHNUNG. DER HIMMEL WAR VOLLER WOLKEN UND ES SCHIEN, ALS HÄTTE ER SICH MIT DEM RAUCH DER SCHORNSTEINE ANGEFÜLLT.

Dennis Hopper im Hotel Sacher, 1. Bezirk, 2002

INGE PRADER

INTERNATIONALE KÜNSTLER KOMMEN GERNE NACH WIEN, WEIL DIE STADT EINE ERSTRANGIGE KULTURMETROPOLE MIT HOHER LEBENSQUALITÄT IST. DAS BIETET MIR DIE MÖGLICHKEIT, DIESE MENSCHEN KENNENZULERNEN UND ZU FOTOGRAFIEREN. DAFÜR LIEBE ICH WIEN.

links: Haas-Haus, 1. Bezirk, 1995
rechts: Im Inneren eines Müllsammelfahrzeuges, 1990

GERHARD TRUMLER

WIEN IST FÜR MICH EINE STADT VON VOLLENDETEN ARCHITEKTURIMPRESSIONEN EBENSO WIE EINE STADT VON MENSCHLICHEN DIMENSIONEN JEGLICHER ART.

Frau Heidi, Hotel Bauer, 15. Bezirk, 2004

BUBU DUJMIC

WIEN IST VIEL MEHR ALS DAS, WAS MAN AN DER OBERFLÄCHE ZU GESICHT BEKOMMT. DESHALB VERKÖRPERT DAS HOTEL BAUER FÜR MICH WIEN PUR. INMITTEN DERER, DIE AM RANDE DER GESELLSCHAFT UMS ÜBERLEBEN KÄMPFEN, HÄNGT DOCH AUCH EIN HAUCH VON TRADITIONELLEM WIENER CHARME IN DER LUFT. HIER IM BAUER TRINKT MAN KEINEN CAFFÈ LATTE. KLEINER MOKKA, BIER UND AUSTROPOP SIND ANGESAGT IN DIESEM BIOTOP DER VERLORENEN UND VERGESSENEN. SIE GEHÖREN FÜR MICH GENAUSO ZU WIEN WIE DER STEPHANSDOM.

TONI
ANZENBERGER

MEINEN HUND PECORINO INTEGRIERE ICH SEIT MITTLERWEILE ELF JAHREN IN MEINE AUFNAHMEN. DIESE STADTLANDSCHAFT KOMPLETTIERT ER AUF EINE UNGEWÖHNLICHE WEISE. HIER SEHE ICH IHN ALS DIE „SPHINX DES PARLAMENTS". ER NIMMT EINE ÄHNLICHE POSITION EIN WIE DIE SPHINGEN VOR DEM SCHLOSS BELVEDERE.

Pecorino, Parlament, 1. Bezirk, 2000

Wiener „Platte", 5 Uhr früh, 22. Bezirk, 2001

Palmenhaus im Burggarten, 1. Bezirk, 2003; Café Canetti in der Hauptbücherei, 7. Bezirk, 2003; ehemaliges MAK-Café, 1. Bezirk, 2003

INGO CORADO WESSELY

AN WIEN FASZINIERT MICH DAS FÜR DIESE STADT SO TYPISCHE NEBENEINANDER VON SCHNELLEM WACHSTUM UND DEM FESTHALTEN AN ALTEN TRADITIONEN. MODERNER UND KLASSISCHER STIL STEHEN HIER NICHT NUR IN DER ARCHITEKTUR SEITE AN SEITE, SONDERN ZEIGEN SICH AUCH IN WIENS WICHTIGSTER „INSTITUTION" – DEM KAFFEEHAUS.

Oberes Belvedere, 4. Bezirk, 2008

Schuhgeschäft in Dornbach, 17. Bezirk, 2008

LUDWIG SCHEDL

DAS LEBEN IN WIEN IST BAROCK, AUSUFERND, SCHWANKEND ZWISCHEN GENUSS UND EXZENTRIK, ZWISCHEN LEBENSLUST UND TODESANGST. AUF DER EINEN SEITE STEHEN VERSUCHUNGEN UND EINKAUFSLUST, AUF DER ANDEREN AUSDRUCKSVOLLE KUNST.

MORITZ SCHELL

WIEN WAR IMMER SCHON –
IN JEDER HINSICHT –
DIE STADT DER SCHAUSPIELER.

Helmuth Lohner und Otto Schenk im Theater Akzent, 4. Bezirk, 2006

CLAUDIA EL-MORSI

ICH KOMME IMMER WIEDER GERNE NACH HAUSE.
WIEN IST MEIN LEBENSMITTELPUNKT.
HIER KANN MAN NOCH ATMEN.

Nationalpark Donau-Auen, Lobau, 22. Bezirk, 2008

An der Peripherie, 11. Bezirk, 2007

REINER RIEDLER

AUF DER SUCHE NACH DER WIENER SEELE ZIEHT ES MICH SEIT EINIGEN JAHREN, VOR ALLEM IN DER KALTEN JAHRESZEIT, MIT MEINER KAMERA AN DEN STADTRAND WIENS. HIER, AN DER SCHNITTSTELLE URBANEN UND RURALEN LEBENSRAUMS, WO MAN SICH NORMALERWEISE EHER IM TRANSIT BEFINDET ALS VERWEILT, BEGEBE ICH MICH AUF EINE KLEINE REISE. ABSEITS DER GLATTEN, GLITZERNDEN FASSADEN WIENS ENTDECKTE ICH DABEI DIESES KLEINE PARADIES UND AUCH EIN BISSCHEN MENSCHLICHE WÄRME.

HERBERT NEUBAUER

WIEN BIETET EINE EINZIGARTIGE KULTURELLE VIELFALT UND DAS THEATER IN DER JOSEFSTADT IST DERZEIT EINER DER AUFREGENDSTEN PLÄTZE.

Theater in der Josefstadt, 8. Bezirk, 2006

Oskar Werner in seinem Lieblingscafé „Eiles", 8. Bezirk, 1983

MICHAEL HOROWITZ

DER GROSSE OSKAR WERNER, EINER DER „ECHTEN WIENER", DIE IN IHRER STADT NICHT NUR LACHEN KONNTEN, SONDERN IN DIESEM DSCHUNGEL, IN DEM SCHLAMPIGER UMGANG MIT GEFÜHLEN GEPFLEGT WIRD, AUCH GELITTEN HAT. DIESES WIEN, EINE WUNDERBARE, EINE SELTSAME STADT. EIN BIOTOP FÜR GROSSE KÜNSTLER – ABER AUCH EINE STÄNDIGE HERAUSFORDERUNG FÜR SENSIBLE MENSCHEN. WIE OSKAR WERNER.

JULIA
MAETZL

JAHRHUNDERTELANG WAR WIEN DAS ZENTRUM EINER STOLZEN SEEMACHT; NICHT NUR WEIN UND WALZER, AUCH EIN HERZ FÜR ALLES MARITIME ZEICHNETE DIE WIENER AUS. GEBLIEBEN IST IHNEN NUR NOCH DIE DONAU – UND EIN ZAGHAFTES, MELANCHOLISCHES FAIBLE FÜR DAS ELEMENT WASSER.

Marina Wien – Yachthafen, 2. Bezirk, 1999

Am Naschmarkt, 6. Bezirk, 2007

JULIA WESELY

STILLE, ENGE GASS'N, HÄUSERLN, KLAN ZUM FASS'N,
UND IM HOF, DA STEHT A LIND'NBAM.
IN DÖ FENSTERECKERLN STENGAN BLUMENSTÖCKERLN
UND DI VOGERLN ZWITSCHERN WIA IM TRAM.
UND A ALTES MANDERL SINGT A WEANALIAD,
SPIELT AUF SEINER HARF'N, ZART UND FEIN.
UND DÖ KINDER HÖR'N IHM ZUA, SO WUNDERLIAB, SCHAU'N SO HERZIG
UND GLÜCKSELIG D'REIN.

STROPHE AUS DEM WIENERLIED „ALT-WIENER BILDER" VON F. P. FIEBRICH

Karlsplatz, 1. Bezirk, 1990

NORA SCHUSTER-MERLICEK

ICH HATTE DAS GROSSE GLÜCK, MEIN GANZES LEBEN IN DER INNEREN STADT ZU WOHNEN, UMGEBEN VON PRACHTBAUTEN, DEREN ANBLICK ICH TÄGLICH GENIESSE. DOCH MEIN FOTOGRAFENHERZ SCHLÄGT NICHT FÜR ARCHITEKTUR ODER LANDSCHAFTEN, SONDERN FÜR DAS LEBENDIGE, FÜR PORTRAITS VON MENSCHEN ALLER GESELLSCHAFTSSCHICHTEN.

Leopoldskapelle auf dem Leopoldsberg, 19. Bezirk, 2007

ANTON LICHTENBERGER

WENN ES MAL RAUS IN DIE NATUR GEHEN SOLL UND MAN DOCH IN WIEN BLEIBEN MÖCHTE, GEHT'S AM BESTEN AUF EINEN UNSERER WIENER HAUSBERGE, WO MAN ALS LOHN DEN BLICK AUF DIE SCHÖNSTE STADT DER WELT BEKOMMT.

links:
Schloss Schönbrunn, 13. Bezirk, 1999–2003
Beisl, 15. Bezirk, 1999–2003

ROBERT FLEISCHANDERL

WIEN IST WIRKLICH KEIN SCHLECHTER ORT ZUM LEBEN! UND TROTZDEM GIBT ES VERHETZUNG, AUSGRENZUNG, ARMUT UND VIELE ANDERE DINGE, DIE ZUM SCHÄMEN UND ZUM ÄRGERN SIND, VOR ALLEM IN EINEM DER REICHSTEN LÄNDER DER WELT. DAS IST TRAURIG. WIR DÜRFEN DIE AUGEN VOR DEN MISSSTÄNDEN NICHT VERSCHLIESSEN, WEDER HIER IN ÖSTERREICH NOCH ANDERSWO. WIR DÜRFEN AUCH NICHT AUFHÖREN, ETWAS DAGEGEN ZU TUN, BESONDERS DA DIE MEISTEN VON UNS AUCH DIE EINE ODER ANDERE MÖGLICHKEIT DAZU HABEN. NICHTSDESTOTROTZ, ICH LEBE GERNE HIER UND ES LÄSST SICH GUT LEBEN. DAS SOLLTE ÜBERALL SO SEIN!

rechts:
Hofburg, 1. Bezirk, 1999–2003
Feuerwehreinsatz in der Nordrandsiedlung, 22. Bezirk, 1999–2003

ZUCKERBÄCKER
STIEGE

FEUERWEHR
DER
STADT WIEN
67

MURAD ŞEKERLI

EIN BILD, DAS MEIN VISUELLES GEDÄCHTNIS PRÄGTE, IST JENES, WELCHES EINEM WÄHREND DER FAHRT MIT DER ROLLTREPPE VON DER U-BAHN HINAUF AUF DEN STEPHANSPLATZ PLÖTZLICH BEGEGNET. DIE MÄCHTIGE, ELEGANTE SILHOUETTE DES STEPHANSDOMS SCHEINT SICH ÜBER DIE MENSCHEN ZU LEGEN UND BEEINDRUCKT BEI JEDEM BLICK NACH OBEN. AUCH NACH ACHT JAHREN AUFENTHALT IN WIEN ÜBERRASCHEN MICH DER ENDLOS ERSCHEINENDE TURM UND DIE MONUMENTALE BAUWEISE DES DOMS NACH WIE VOR. SO KOMMT ER IN MEINEN BILDERN AUCH IMMER WIEDER VOR.

Stephansplatz, 1. Bezirk, 2004

MIRJAM REITHER

WIEN IST UNGLAUBLICH REICH AN GESCHICHTE UND KUNST. SO REICH, DASS VIELE SEINER KUNSTSCHÄTZE IN MUSEUMSDEPOTS LANDEN UND GAR NICHT GESEHEN, BETRACHTET, BESTAUNT WERDEN KÖNNEN. AUF DIESE VERBORGENE SEITE DER ÜPPIGEN KUNSTPRODUKTION IN DIESER STADT MÖCHTE ICH HINWEISEN.

Cajetan Felder im Depot des Wien Museums, 1. Bezirk, 2009

WILLY DENK

DIE LANDSCHAFT DES WIENER PRATERS IST FÜR MICH AUFREGEND, ZUGLEICH AUCH BESCHAULICH UND RUHIG. EIN ORT NOSTALGISCHER TRÄUME FÜR MANCHE, EINE GRÜNE OASE FÜR FAST ALLE. EIN PAAR SCHRITTE VON DER PRATER HAUPTALLEE ENTFERNT, FINDET MAN EIN AUSGEDEHNTES GEBIET AUS WIESEN, WÄLDERN UND EHEMALIGEN DONAUARMEN. HIER VERSUCHE ICH DIE SCHÖNHEIT, DIE ZU JEDER JAHRESZEIT IHREN EIGENEN FARBENZAUBER ENTFALTET, MIT DER KAMERA EINZUFANGEN.

Golfplatz im Prater, 2. Bezirk, 2005

Österreichische Postsparkasse (Doppelbelichtung), 1. Bezirk, 2008

CLAUDIA PRIELER

EINE GANZ BESONDERE SPURENSUCHE IN WIEN IST JENE NACH ELEMENTEN DES JUGENDSTILS. NEBEN DER KIRCHE AM STEINHOF UND DEM OTTO-WAGNER-PAVILLON AM KARLSPLATZ ZÄHLT DIE POSTSPARKASSE AM GEORG-COCH-PLATZ ZU MEINEN LIEBLINGSBAUTEN.
NACH DER SANIERUNG 2005 BEHERBERGT DAS GEBÄUDE JETZT U.A. DAS MUSEUM „WAGNER:WERK".

Café Hawelka, 1. Bezirk, 2007

SEVERIN WURNIG

NACH VIELEN JAHREN IM AUSLAND HABE ICH DIE MÖGLICHKEIT, MEINE HEIMAT ALS AUSSENSTEHENDER ZU BETRACHTEN. DABEI FIEL MIR EBEN AUCH DAS CAFÉ HAWELKA IN WIENS 1. BEZIRK AUF, EIN TOURISTISCH WEIT ÜBER DIE GRENZEN HINAUS BEKANNTER ORT, DER AUCH FÜR MICH EINE ART „OASE“ IN DER STADT DARSTELLT.

GIANMARIA GAVA

DER SCHREBERGARTEN IST ETWAS TYPISCH WIENERISCHES. EIN STÜCK VORSTADT, DAS JEDEN INDUSTRIELLEN BACKGROUND AUSBLENDET. HIER WIRD GEPFLANZT, GEMÄHT UND UMGEGRABEN. EIN KLEINES STÜCK VOM PARADIES INMITTEN DER HEKTISCHEN GROSSSTADT.

Kleingartenverein „Zukunft auf der Schmelz", 15. Bezirk, 2007

CityCom

Post.at

STEFAN JOHAM

DIE GRIECHENGASSE IST EIN SEHR ALTES GÄSSCHEN, IN DEM SICH DAS ÄLTESTE HAUS MIT DEM ÄLTESTEN WOHNTURM DER STADT BEFINDET – EINES DER WAHRZEICHEN WIENS.
WIEN HAT ETLICHE KÜNSTLER – AUCH SIE SIND SEINE WAHRZEICHEN. WAHRE KÜNSTLER SCHAFFEN BROTLOSE KUNST UND LEBEN EIN VAGABUNDENLEBEN. OFT ERST NACH IHREM ABLEBEN FUNGIEREN SIE ALS KOMMERZIELLE FÜLLER INTERNATIONALER MUSEEN.
EIN GRUND MEHR, EINIGE VON IHNEN AUCH EINMAL VOR DIE KAMERA ZU BRINGEN, UM SIE INS RAMPENLICHT ZU STELLEN.

Lichtenberger, Huber-Hecht, Maierhofer, Houf und Goldscheider in der Griechengasse, 1. Bezirk, 2009

THOMAS RAAB

DIESES PORTRAIT VON PAPST JOHANNES PAUL II. ENTSTAND ANLÄSSLICH SEINES HISTORISCHEN AUFENTHALTES IN WIEN. NEBEN DIESEN SEHR PRIVATEN MOMENTEN HINTERLIESS AUCH SEIN BESUCH DES EHEMALIGEN KONZENTRATIONSLAGERS UND HEUTIGER GEDENKSTÄTTE MAUTHAUSEN BEI ALLEN BETEILIGTEN EINEN TIEFEN UND BLEIBENDEN EINDRUCK, DER SCHRECKEN UND VERSÖHNUNG IN FRIEDEN VEREINTE.

Papstbesuch in Wien, Sommer 1988

Schwarzenbergplatz, 3. Bezirk, 2005

ROBERT ZOLLES

VIELE PLÄTZE IN WIEN GEWÄHREN IMMER NOCH TIEFE EINBLICKE IN DIE BEWEGTE GESCHICHTE DIESER STADT. DAS „HELDENDENKMAL DER ROTEN ARMEE" – QUASI UMS ECK MEINES BÜROS – IST EINER DIESER PLÄTZE. DIE EINGEHENDE BESCHÄFTIGUNG DAMIT IN MEHRMALIGEN FOTOSESSIONS OFFENBARTEN MIR SEINE BEDEUTUNGEN, DIE IHM IM LAUFE DER JAHRZEHNTE ZWISCHEN BESATZUNG UND BEFREIUNG, ZWISCHEN VERDRÄNGUNG UND ANTIKOMMUNISMUS ZUGESCHRIEBEN WURDEN, UND DIE IM NEUGESTALTETEN URBANEN UMFELD DES SCHWARZENBERGPLATZES ZWISCHEN VERSTECKEN, VERDRÄNGEN UND BEWUSSTEM BEWAHREN DER GESCHICHTE SCHWANKEN.

Die Presse
W BOOTE 2

ERWIN WURM

OH WIEN!

Nicholas Ofczarek, aus der „Serie Burgtheater“, 2. Bezirk, 2008

FRANZ KILLMEYER

MIT GERHARD ROTH BIN ICH SEIT DEN 1980ER JAHREN IMMER WIEDER LOSMARSCHIERT, VOM ZENTRALFRIEDHOF INS UNTERIRDISCHE WIEN, VOM NARRENTURM ZUM STEPHANSDOM, ZU DEN VIELFÄLTIGEN ARCHIVEN DES SCHWEIGENS. DIESES BILD STEHT FÜR MICH FÜR DIE SO SEHR GESCHÄTZTE LEBENSQUALITÄT DIESER STADT, DENN OHNE AUFGEARBEITETE VERGANGENHEIT GIBT ES AUCH KEINE LEBENSQUALITÄT IN DER GEGENWART.

Gerhard Roth in der Nationalbibliothek, 1. Bezirk, 1997

Müllverbrennungsanlage Spittelau, 9. Bezirk, 2009

HUBERT DIMKO

ALS SYMBOLE FÜR JENE TEILE WIENS, DIE NICHT IMMER SICHTBAR SIND ODER BEWUSST WAHRGENOMMEN WERDEN, WÄHLTE ICH DIESE ANSICHTEN WICHTIGER ANLAGEN, OHNE DIE EINE FUNKTIONIERENDE STADT NICHT AUSKOMMT.

links oben: Müllverbrennungsanlage Pfaffenau und Biogasanlage, 11. Bezirk, 2006

links unten: Nachklärbecken am Gelände der ebswien hauptkläranlage, 11. Bezirk, 2003

JOSEPH H. WACKERLE

WIEN, WIEN, NUR DU ALLEIN ... EINE STADT ZWISCHEN DAMALS UND HEUTE. ZWISCHEN SACHERTORTE UND WÜRSTELSTAND, ZWISCHEN PUNK UND BAROCK, ZWISCHEN BIEDERMEIER UND SEX. WENN GEGENSÄTZE PLÖTZLICH KEINE MEHR SIND, SPRECHEN WIR ÜBER WIEN. WIEN LEBT UND DORT, WO LEBEN IST, WERDEN FRAGEN ZU ANTWORTEN UND ANTWORTEN ZU FRAGEN.

Heldenplatz, 1. Bezirk, 2010

Hermes Phettberg, Studio, 2002

FERRY NIELSEN

SCHÖNER MANN, SPRACHVERWENDER, PHILOSOPH, WIENER – HERMES PHETTBERG

52 FOTOGRAFEN
52 BIOGRAFIEN

TONI ANZENBERGER

Der in Wien geborene Toni Anzenberger ist Fotograf mit Arbeitsschwerpunkt Reise- und Reportagefotografie und seit 20 Jahren Mitglied der Fotoagentur Anzenberger, die seine Schwester Regina Anzenberger leitet.
Seine Aufnahmen erscheinen regelmäßig in internationalen Magazinen, wie zum Beispiel eine ganze Serie von Reise-Reportagen, die er für die New York Times Ende der 1990er Jahre fotografierte. Seit 2003 produziert er für verschiedene Verlage eine ganze Reihe von exklusiven Bildbänden über österreichische Bundesländer und Städte. Sein „Hunde-Model" Pecorino entdeckte er 1998 in Italien. Die Geschichten mit ihm wurden bisher in mehr als 30 Ländern veröffentlicht. 2009 erschien unter dem Titel „Pecorino – Die Weisheiten eines Hundes von Welt" im Knesebeck Verlag bereits das neunte Pecorino-Buch. Pecorino ist auch der Protagonist von bisher sieben Wandkalendern. Einer der Kalender wurde von der Internationalen Kalenderschau in Stuttgart ausgezeichnet. Die einzigartige Zusammenarbeit des kongenialen Paares wurde schon oft von TV- und Radiosendern gewürdigt. Toni Anzenberger lebt mit seiner Frau Christina Anzenberger-Fink und Pecorino in Wien.

www.anzenberger.com

CHRISTINA ANZENBERGER-FINK

Geboren 1971 in Bregenz. Lebt seit 14 Jahren in Wien.
Mit 19 Jahren Abschluss einer Ausbildung in Textilem Design. Mode blieb jedoch nicht ihre einzige Leidenschaft. Ihr Interesse an anderen Ländern und Kulturen führte auch zu einem einjährigen Aufenthalt in London. Zurück in Österreich, machte sie eine Lehre in Fotografie und widmete sich verschiedenen Bereichen wie Werbe-, Portrait- und Modefotografie in Zusammenarbeit mit einigen renommierten Studios.
2002 begann sie ihre Arbeit in der Agentur Anzenberger, vorerst vor allem in der Foto-Recherche. Zu dieser Zeit begann ihr Interesse für Reisefotografie.
Von 2003 bis 2009 fotografierte sie für mehrere Buchprojekte, wie z.B. „Das neue Sacher Kochbuch".
Ihre Bilder und Reportagen wurden in internationalen Magazinen wie National Geographic Traveller, The Sunday Times, Brigitte, Schweizer Familie, *freizeit* Kurier etc. veröffentlicht.

www.anzenberger-fink.com

LUKAS BECK

Geboren am 9. Dezember 1967 in Wien, verheiratet, Vater eines Sohnes und einer Tochter.
1993: Buch „Kurt Ostbahn und die Chefpartie", Edition Tau
1995: Ausstellung „AugenBlick", NÖ Donaufestival, Krems
2002: Buch: „Räume in Bewegung", Springer Verlag
2002: Kalender: „Kabarettkalender", Hoanzl, Wien
2003: Buch „Luxus Shopping Guide Vienna", Echo Verlag
2003: Ausstellung „gehört gesehen", WestLicht, Wien
2004: Buch „Kurt Ostbahn –und losst's eich nix gfoin", NP Buchverlag
2004: Buch „Wiener Sängerknaben", NP Buchverlag
2004: Ausstellung „Wiener Sängerknaben", Palais Coburg
2004: Buch „Wien – Tradition und Moderne", Schmid Verlag
2004: Ausstellung „Wien – Tradition und Moderne", Leopold Museum
2006: Buch „Hans Söllner – Bilderbuch", Trikont München
2008: Ausstellung „Fußballkäfig International", Galerie urbanart Wien

www.lukasbeck.com

ELISABETH CZIHAK

Geboren 1966 in Tübingen (Deutschland). Besuchte von 1985 bis 1991 die Hochschule für Gestaltung in Linz und von 1991 bis 1992 die Hochschule der Künste in Berlin. Heute lebt und arbeitet Elisabeth Czihak als freischaffende Künstlerin in den Bereichen Zeichnung und Fotografie in Wien.

www.czihak.at

WILLY DENK

Geboren 1950 in St. Pölten. Fotoausbildung in Deutschland und der Schweiz. Von 1970 bis 1978 war Willy Denk als Fotograf im Ausland tätig. Danach kehrte er nach Österreich zurück.
Fotoschwerpunkte: Studio-, Medizin- und Reisefotografie
Fotoausstellungen: in Deutschland und Österreich
Buch: „Riesenrad und Praterau. Ein Wiener Spaziergang", Wien (Edition Tusch) 1988

www.viennaflash.at

HUBERT DIMKO

Geboren am 27. Juli 1950. Ab 1965 als Fotograf in verschiedenen Sparten tätig (Presse-, Industrie-, Architektur-, Portrait- und Werbefotografie), Beschäftigung mit experimenteller Fotografie.
Projekte:
1986 Ausstellung in der „Kulisse": Frauen in Indien
1990 Kalender über alte Industriearchitektur, Ausstellungen diverser Fotoarbeiten
Bildbände:
2004: „Die vielen Gesichter Österreichs", Christan Brandstätter Verlag
2005: „Vieler Herren Häuser", C. Brandstätter Verlag
2009: „Haydn", echomedia verlag
Diverse Fachbildbände und Fotobeiträge in Büchern.

MARTINA DRAPER

Geboren 1973 in Wien. Verheiratet mit einem Kanadier, der nach Wien übersiedeln musste, weil sie „diese Superstadt einfach nicht verlassen konnte! Zwei Kinder, drei Katzen."
Ausbildung an der Graphischen Lehr- und Versuchsanstalt in Wien am Kolleg für Fotografie.
Selbstständige Fotografin, vor allem in den Bereichen Presse-, Portrait- und Eventfotografie tätig.

www.martina-draper.at

BUBU DUJMIC

Geboren 1982. Einst Skateboard-Profi aus Wien, begann er schon in frühen Jahren Skateboardvideos und erste Action-Fotos zu produzieren. Nach Abschluss der Reifeprüfung sammelte er unter anderem Erfahrungen als Second Dolly Grip und Beleuchter beim Film. Es folgte die Assistenz und Ausbildung bei dem renommierten Wiener Fotografen Lukas Beck. Im Anschluss daran eigene Arbeiten und Projekte, wie die skurrile Sozialstudie im Hotel Bauer.

www.dujmic.com

CLAUDIA EL-MORSI

Geboren 1967 in Wien, wo sie seit 1986 als Fotografin arbeitet. Zur Zeit beschäftigt sie sich mit Kunstprojekten im eigenen Verlag. Seit Juli 2009 lebt sie am Wasser und arbeitet in ihrem Studio in der Lobau.

ROBERT FLEISCHANDERL

Geboren 1967 in Tirol. Begann nach Abschluss seines Diplomstudiums in Chemie an der Universität Innsbruck zu fotografieren. Es folgte ein Praktikum bei Magnum Photos und eine Assistenz bei Erich Hartmann in New York. Anschließend machte er einen Master of Art in Image & Communications bei Ian Jeffrey am Goldsmith College der University of London.
Er setzte seine Ausbildung mit einem Stipendium am Maison Européenne de la Photographie in Paris und einem Stipendium in Italien fort. Robert Fleischanderl erhielt das Staatsstipendium für künstlerische Fotografie, ein Stipendium der Emanuel-und-Sofie-Fohn-Stiftung u.a. Er lebt und arbeitet als Fotograf und Künstler in Wien.
(Quelle der Bilder: „Guschlbauer weiche Kokosbusserl – Österreichische Ansichten, ein fotografischer Kommentar", Skarabaeus Verlag, 2003)

www.robert-fleischanderl.com

JOSEF GALLAUER

Seit 17 Jahren Fotograf. War selbst einmal Modell. Derzeit bereitet er einen Bildband vor, der im Herbst 2010 unter dem Titel „Das Ballett“ im Christian Brandstätter Verlag herausgegeben wird.

www.gallauer.com

GIANMARIA GAVA

Geboren 1978 in Genua. Studium der Politikwissenschaften an der Universität Triest, das er 2003 mit Auszeichnung abschloss. Nach der Übersiedelung nach Wien nahm er seine fotografische Tätigkeit auf. Es folgten Veröffentlichungen in American Photo, Der Standard, Die Zeit, L'Express, Le Monde, MINI International, profil u.a.

Ausstellungen im Rahmen des Monats der Fotografie in Wien, bei der Expo 2008 in Saragossa, in der Galerie MiCamera in Mailand sowie im Museum Moderner Kunst in Wien. 2008 zählte er zu den Finalisten von ITS#7, dem International Talent Support in Triest. Gegenwärtig konzentriert sich Gianmaria Gava auf Projektarbeiten, die sich dem Thema diverser Communities im zeitgenössischen Kontext widmen. Er wird von der Agentur Anzenberger vertreten.

www.gianmariagava.com

CHRISTINE DE GRANCY

Geboren 1942 in Brünn (Tschechien). Studierte Keramik und Grafik in Graz. Ab 1963 arbeitete sie in Wien als Grafikerin und Art-Direktorin in Werbeagenturen. Zunehmend gaben ihr Reisen – nach Griechenland, Japan, Algerien, China, Tibet, Pakistan, Türkei, Russland, Georgien, Niger und Mali – Anstöße für fotografische Erzählungen und zahlreiche Buchveröffentlichungen wie auch für Ausstellungen. Seit 30 Jahren fängt Christine de Grancy Ansichten von Wien aus überirdischer Perspektive ein. Sie wird von der Agentur Anzenberger vertreten.

SABINE HAUSWIRTH

Geboren 1963 in Wien, wo sie auch lebt und arbeitet. Autodidaktin.

PHILIPP HORAK

Geboren 1976 in Niederösterreich, lebt seit über zehn Jahren in Wien. Er arbeitet in den Bereichen Reportage- und Portrait-Fotografie für österreichische wie internationale Magazine und Unternehmen. Seit 2004 wird Philipp Horak von der Agentur Anzenberger vertreten.

www.philipphorak.com

MICHAEL HOROWITZ

Geboren 1950 in Wien. Fotograf, Journalist, Schriftsteller und Verleger. Biografien u.a. über Heimito von Doderer, Egon Erwin Kisch, Karl Kraus sowie Helmut Qualtinger, Otto Schenk und H .C. Artmann. Gründer und Chefredakteur des KURIER-Magazins *freizeit*. Prix de la Jeunesse für das Drehbuch „Caracas“ bei den Internationalen Filmfestspielen von Cannes, 1989.

CHRISTIAN JOBST

Geboren am 4. November 1972 in Wien. Nach der Matura folgte ein zweijähriges Kolleg für Fotografie an der Graphischen Lehr- und Versuchsanstalt in Wien. Seit 1996 ist er als selbstständiger Pressefotograf tätig.

STEFAN JOHAM

Geboren im alten AKH und aufgewachsen im Salon Er-Ich unter Philosophen, Wahnsinnigen und Künstlern. Anfangs glaubte er, viele Berufungen gefunden zu haben, wie zum Beispiel bei Foot Locker – da er sich so seine Basketball-Schuhe zu finanzieren hoffte – oder in einer Videothek – ganz nach seinem Vorbild Quentin Tarantino. Dann entdeckte er seine Liebe zur Fotografie – und so absolviert er zurzeit erfolgreich eine Ausbildung zum Fotografen/Medienfachmann.
Bisherige Arbeiten: Portraits von Franz West, Erwin Wurm, Padhi Frieberger und weiteren famosen Artisten.

FRANZ KILLMEYER

Ursprünglich ausgebildet zum Werbe- und Modefotografen, brachte ihn 1977 die Begegnung und Arbeit mit Alfred Hrdlicka auf einen neuen Weg – und die Früchte dieser Arbeit führten ihn zum Stern nach Hamburg, der neben dem ZEIT-magazin und GEO bis heute eine der wichtigsten Säulen seiner Arbeit ist. Damals wollte Franz Killmeyer eigentlich erst wieder nach Wien zurückkehren, wenn eine bestimmte Generation von Menschen bereits ausgestorben wäre. Nach sieben Jahren in Hamburg übersiedelte er dann aber doch wegen seiner ganz speziellen, persönlichen Lebensqualität wieder gerne nach Wien.

STEFAN KÖLL

Geboren am 22. November 1985, aufgewachsen im Tiroler Oberland. Nach einer vierjährigen Lehre als Maschinenbautechniker arbeitete er einige Zeit in St. Gallen (Schweiz). Er verbrachte dort eine spannende und lehrreiche Zeit, in der er verschiedenen Jobs und kleineren Aufträgen sowie Saisonjobs nachging, bevor er seine Leidenschaft für die Fotografie entdeckte. Es folgte eine einjährige Ausbildung zum Fotografen bei Bernhard Müller, einem bekannten und renommierten Fotografenmeister in Salzburg, der ihm die Tür in eine faszinierende Welt öffnete. Stefan Köll lernte dabei viel über verschiedene Lichttechniken in den Bereichen „Still Life“ und „Industrielle Fotografie“, doch seine wahre Berufung sah er mehr und mehr in Genres wie Mode/Fashion, People & Lifestyle. So führte ihn sein Weg nach Wien, wo er ein aufregendes Umfeld vorfand, um seiner Leidenschaft nachzugehen. Mittlerweile arbeitet er mit namhaften Agenturen, Fotografen, Magazinen und Musikern zusammen, die es ihm ermöglichen, seine Kreativität und seinen Stil beherzt auszuleben.

www.stefankoell.net

PETER KORRAK

Geboren am 27. August 1953 in Wien. Nach seinen beruflichen Anfängen in den Bereichen Büroorganisation und Tourismus begann er seine fotografische Laufbahn 1979 als Pressefotograf. Seit 1980 arbeitet als freier Fotograf mit eigenen Studios in Wien (1981–2004) und Niederösterreich (seit 2004, derzeit in Neulengbach).

Projekte:

Bis 1995: fotografische Arbeiten in den Bereichen Mode und Werbung sowie in den Bereichen künstlerische Fotografie, Künstlerportraits und Kunstdokumentationen.

1997–2003: fotografische Arbeiten für Krone bunt (82 Covers)

1989: Art & Fashion, Verein für Kunst und Kultur Eichgraben

1996: Change, Zanoni & Zanoni

1997: Ausstellung Marco Polo, Wien

2003: Fotografie im Massenmedium/Technisches Museum, Wien

2006: Stadt/Land/Fotogafie – Atelier Hiess, Neulengbach

2008: Artists/Portraits/Animals – Galerie Zweymüller, Baden

2008: Eröffnungsausstellung Museum der Region Neulengbach – Kultur Neulengbach 2008

2008: Projekt Landmarks & Talking Heads

2009: Art & Fashion: 20 Years After, Galerie18 Morgenbesser, Wien

2009: Einzelausstellung Landmarks & Talking Heads, KHM, Bassano-Saal

www.korrak.com

ANTON LICHTENBERGER

Jahrgang 1968. Geboren und aufgewachsen in Wien. Bereits im Alter von 17 Jahren entdeckte er seine Liebe zur Fotografie (damals noch ausgestattet mit analoger Spiegelreflex-Kamera). Im Lauf der Zeit entwickelte sich sein Stil weg von der Dokumentation hin zum durchdachten Bildaufbau.

1999 folgte der Umstieg auf digitale Fotografie. Seit dem Beitritt zur www.fotocommunity.de im Jahr 2006 erfährt er eine laufende Weiterentwicklung in Bezug auf Kameratechnik und Bildgestaltung.

Dass die Fotografie seine wahre Leidenschaft ist, erkennt man daran, dass Anton Lichtenberger selbst bei der Ausübung seines Brotberufes als Briefträger in der Wiener Innenstadt seine „kleine, feine Kompakte" immer an seiner Seite hat.

JULIA MAETZL

Geboren 1974 in Wien. Studium der visuellen Medien an der Graphischen Lehr- und Versuchsanstalt in Wien. Seit vielen Jahren widmet sich Julia Maetzl auch der Malerei. Die diplomierte Fotografin verwirklichte eine Reihe multimedialer Kunstprojekte, von denen mehrere Ausstellungen und ihr Buch „Daheim im Narrenkastl" zeugen.

www.juliamaetzl.at

HERBERT NEUBAUER

Geboren 1957 in Zwettl (NÖ). Bis 2002 als Informatiker und freier Fotograf tätig. Ab 2003 richtete er seinen Fokus ausschließlich auf die Fotografie.

Schwerpunkte:

Bühnenfotografie, News, Sport, Buchillustrationen, CD-Booklets, Sozialreportagen.

Auftraggeber:

APA, AP, Reuters, Spiegel, Focus, echomedia, Theater Heute, ORF, Luchterhand Verlag, Suhrkamp, Staatsoper Wien, Berliner Ensemble, Nestroy-Spiele Schwechat, ÖGB Verlag.

RONNIE NIEDERMEYER

In Wien geboren, wuchs dreisprachig auf (deutsch, englisch, hebräisch) und lebte von 1993 bis 1998 in Jerusalem.

Seit 2005 arbeitet er als freischaffender Fotograf.

Quelle der Bilder: „Zeit und Wien. Ein Reiseführer für Wiener", Christian Brandstätter Verlag, 2008)

www.lichtpausen.li

FERRY NIELSEN

Absolvierte das Fotocolleg in Wien. Nach Jahren in München, Hamburg, Mailand etc. hat er nun seinen Stützpunkt wieder nach Wien verlegt. Ferry Nielsen arbeitet für internationale Werbeagenturen wie Saatchi & Saatchi, McCann Erickson, Publicis, RSCG. Seine Arbeit umfasst Fotoproduktionen für nationale und internationale Unternehmen – wie z.B. BP, OMV, Citroën – und Magazine – wie Woman, First Magazine, News, Wiener, Diva, Active Beauty, Presse Schaufenster, Seitenblicke Magazin, Jardin des Modes. – sowie diverse Ausstellungen und Portraits von Personen aus Film und Kultur wie z.B. Sonja Kirchberger, Vladimir Malakhov, Lang Lang, Ottfried Fischer, Christiane Hörbiger, Hubertus von Hohenlohe u.v.a.

www.ferrynielsen.com

INGE PRADER

Geboren 1956 in Lienz (Osttirol). Ihre Ausbildung an der Graphischen Lehr- und Versuchsanstalt in Wien schloss sie 1980 mit der Meisterprüfung ab. Sechs Jahre später eröffnete sie gemeinsam mit Ehemann Paul ihr eigenes Studio und etablierte sich innerhalb kürzester Zeit als Mode- und Werbefotografin. Neben der Arbeit an großen Werbekampagnen (z.B. für Wunderkind, Jones, Henkel, Unilever, Masterfoods, Rewe, Vienna Airport, Casinos Austria, Swarowski, ...) wurde Inge Prader zu einer hochgeschätzten und beliebten Fotografin für einfühlsame Portraits. Bekannte internationale und nationale Gesichter wie Dennis Hopper, Wolfgang Joop, Nena, Ronan Keating, Anna Netrebko, Christl Stürmer u.v.m. wurden von Inge Prader bereits in Szene gesetzt. Sie arbeitet für internationale Magazine wie Harpers Bazar, Esquire, Vogue, Elle, Financial Times sowie für nationale Magazine.

Ausstellungen in Wien:
1992: „Deca-dance", P1 und Motto
1995: „Schönheit und Zerbrechlichkeit", AKH und Cafe Stein
1998: „Pink", Motto
2000: „Blumen der Schönen", Börse/Hansen
2006: „hand.werk", Börse/Hansen
2007: „organic", Motto
2008: „Schella Kann", Kunsthalle Wien
2009: „Vienna people", Le Meridien

www.prader.at

CLAUDIA PRIELER

Nach dem Abschluss ihres Theaterwissenschaftsstudiums begann sie sich intensiv mit Fotografie zu beschäftigen und startete als Theaterfotografin. Ihre erste Produktionsfotografie war für „Tango-Pasión" im Theatre des Champs Élysées in Paris. 2002 wurde im Verlag Brandstätter das Fotobuch „Tanz-Spiralen des Lebens" mit Texten von Dorothea Nürnberg herausgegeben. Im Laufe der Jahre fanden zahlreiche Fotoreisen/Ausstellungen und Projekte im In- und Ausland statt.
Eine ihrer schönsten Auftragsarbeiten in jüngerer Vergangenheit ist die fotografisch-künstlerische Gestaltung des Kataloges der Firma Steffen/Agentur Sonnen'Bern. Ihre letzte Ausstellung fand im Rahmen des Japan-Österreich-Jahres 2009 im Japanischen Kulturinstitut statt: „Der Setagaya-Park im Wandel der vier Jahreszeiten. Eine fotografische Japanreise in Wien."

www.claudiaprieler.com

THOMAS RAAB

Geboren in Wien. Fotografie-Studium an der Graphischen Lehr- und Versuchsanstalt in Wien und Fotografie-Lehrtätigkeit in Österreich, Italien, England und den USA.
Vor vielen Jahren verließ Thomas Raab seine Heimatstadt, um sich zuerst in Italien, dann in Frankreich, England und Spanien einen Namen zu machen. Danach zog es den Weltenbürger nach Hollywood, wo er mittlerweile lebt und seit Jahren zu den renommiertesten Fotografen zählt. Zu seinen Auftraggebern gehören u.a. Vogue, Marie Claire, Elle, Cartier, Disney, Universal, Paramount und MTV.
Die Liste an internationalen Superstars, die er vor seiner Linse hatte, ist äußerst eindrucksvoll. Von Audrey Hepburn, Barbra Streisand, Whoopi Goldberg, Papst Johannes Paul II. bis Sting, Lenny Kravitz, Cindy Crawford, Naomi Campbell oder Charlize Theron; sogar die sonst so fotoscheue Jodie Foster ließ sich von ihm ablichten. Er gewann zahlreiche internationale Werbe- und Anerkennungspreise. Seine Arbeitsbereiche sind Fashion, People und Art. Für den trotz seiner herausragenden Karriere bescheiden gebliebenen Fotografen bedeutet Erfolg „wenn man es schafft, das zu tun, was man möchte, wann und wo man es möchte, dabei Spaß zu haben und davon leben zu können."

http://thomasraabphotography.com

ARMAN RASTEGAR

Geboren 1974 in Shiraz (Iran).
Von 1993 bis 1995 Ausbildung an der Graphischen Lehr- und Versuchsanstalt, Fachabteilung Fotografie.
Seit 2003 als freier Fotograf tätig.

www.armanrastegar.com

MIRJAM REITHER

Geboren 1972 in Wien. Ausbildung zur Fotografin am Kolleg für Fotografie an der Graphischen Lehr- und Versuchsanstalt in Wien. Frei nach Henri Cartier-Bresson sieht sich Mirjam Reither als Handwerkerin, die versucht, ihre Arbeit so gut wie möglich zu machen. Dabei geht es ihr um lebendige, natürliche Fotos, die den Augenblick einfangen. Die Fotografin arbeitet hauptsächlich „on location" und sieht sich in der Tradition der ersten Fotografen als Dokumentatorin. Ihre Arbeitsbereiche sind Reportage, Portrait-, Reise- und Bühnenfotografie.

www.mirjam-reither.at

REINER RIEDLER

Geboren 1968 in Gmunden. Nach der Matura übersiedelte er nach Wien und begann ein Studium der Ethnologie. 1991 beschloss er, sich ganz der Fotografie zu widmen, und besuchte das „Kolleg für Fotografie" an der Graphischen Lehr- und Versuchsanstalt in Wien. Zunächst arbeitete er für Zeitschriften und Magazine. Eigene Projekte, die ihn hauptsächlich nach Osteuropa und Russland führten, wurden in der Folge als Bücher herausgegeben. Seine Arbeiten, welche er auch in zahlreichen Einzel- und Gruppenausstellungen im In- und Ausland präsentierte, wurden bisher mit einer stattlichen Anzahl an nationalen und internationalen Preisen honoriert.
Als Dokumentarfotograf nimmt Reiner Riedler Stellung zu wichtigen Themen unserer Zeit. Der Mensch in seiner Umgebung steht dabei immer im Zentrum seines Blickwinkels. Neben seiner Tätigkeit als Fotograf hält er auch Workshops. Er lebt und arbeitet in Wien. Seit 1993 wird Reiner Riedler von der Agentur Anzenberger vertreten.

www.photography.at

PETER RIGAUD

Geboren 1968 in Salzburg, studierte Fotodesign am renommierten Lette-Verein in Berlin. Nach dem Studium arbeitete er lange Zeit in New York, Chicago und Cleveland. Seit 1994 lebt und arbeitet er in Wien und Berlin. Fotos von ihm erschienen in Magazinen wie Stern, Vogue, AD, National Geographic Deutschland, Merian, Der Spiegel, profil und GEO Saison.

www.peterrigaud.com

GEORG RIHA

Von Beginn seines Schaffens an stand bei Georg Riha das Bestreben emotionalen und kraftvollen Bildern Raum zu geben, in unbekannte Bilderwelten vorzustoßen und dem Medium Film neue Dimensionen zu erschließen an erster Stelle.
Der in Wien geborene Fotograf, Filmemacher, Kameramann und Regisseur wird ein „Magier des Bildes“ genannt, der sich einer „höheren Sicht der Dinge“ verplichtet fühlt und damit eine geistige Sichtweise meint, die seine Arbeit über den „normalen Blickwinkel“ hinaushebt.
Sein Wunsch, Metamorphosen sichtbar zu machen, sich Motiven aus bislang unbekannten Perspektiven zu nähern und sie in nie zuvor gesehenen Bildern festzuhalten, war und ist Triebfeder für spektakuläre technische Entwicklungen im Bereich der Filmtechnik.
Sein kompromissloses Bekenntnis zu höchsten Qualitätsstandards hat Georg Riha internationale Anerkennung verschafft. Durch die Produktion von atemberaubenden Dokumentationen und Fotografien hat er ein Millionenpublikum in vielen Ländern fasziniert und wurde mit zahlreichen internationalen Auszeichnungen bedacht.

www.rihafilm.com
www.rihaimages.com

LUDWIG SCHEDL

Geboren 1961 in Wien, verheiratet, zwei Kinder. Studium der Publizistik und Kunstgeschichte.
1987–1990: Graphische Lehr- und Versuchsanstalt (Kolleg Fotografie)
1990–2002: Werbe- und Portrait-Fotografie, Kodak Fotoservice (Labor, Verkauf, elektronische Bildbearbeitung)
Seit 2002 selbstständiger Fotograf.

MORITZ SCHELL

Jahrgang 1977, lebt und arbeitet als freischaffender Fotograf in Wien. Weit über die Landesgrenzen hinaus verbindet man seine Arbeit mit dieser Stadt. Bekannt ist er vor allem durch seine Schauspieler-Portraits und durch seine Erotik-Strecke „Wiener Blut“, die international viel Beachtung fand.

www.moritzschell.com

MATTHIAS SCHICKHOFER

Geboren 1967 und aufgewachsen in Zwettl, Waldviertel. Lebt und arbeitet seit 1985 in Wien. Studium der Psychologie in Wien. Zwischen 1991 und 2007 Kampaigner und Kampagnenleiter bei Greenpeace in Wien und Greenpeace International, Mit-Initiator des Gentechnik-Volksbegehrens 1997. Vater von Sohn Oskar. Seit 2007 freiberuflicher Kampagnen-Berater. Beschäftigung mit künstlerischer Natur- und Landschafts-Fotografie. Veröffentlichungen in verschiedenen Magazinen. 2003 erschien der Fotoband „Planet der Wälder“ (echomedia verlag). Er ist Partner der Agentur Anzenberger.

ERICH SCHLEYER

In Dresden geboren, begann er seine Karriere als Schauspieler in der DDR, 1968 flüchtete er in die BRD. Seit über 40 Jahren als Schauspieler tätig – vom klassischen Schauspiel auf Staats-Bühnen (Berlin, Düsseldorf, Zürich, Hamburg, München, Wien) bis zum Straßentheater, mit Auftritten in vielen Ländern der Erde sowie im Zirkus –, spielte er mehr als 350 Fernseh- und Filmrollen.
Zur Zeit ist er im Volkstheater in „Außer Kontrolle“ zu sehen. Erich Schleyer ist Autor von mehreren Dreh- und Kinderbüchern. Eigene Serien im ORF: „Erichs Chaos“ und die wöchentliche Büchersendung „Der schiefe Turm“ (2005–2008). Er bereiste die halbe Welt für Dokumentationen und als Fotograf, daneben fotografierte er immer wieder im Theater, etwa seinen Freund und Mentor George Tabori. Ausstellungen in München, Berlin, New York, Wien.
2002 wurde er ausgezeichnet mit dem Österreichischen Ehrenkreuz für Wissenschaft und Kunst und 2005 mit dem Goldenen Verdienstzeichen um das Land Wien.

NORA SCHUSTER-MERLICEK

Geboren am 19. Juli 1944 in Wien. 1962 absolvierte sie die Graphische Lehr- und Versuchsanstalt/Abteilung Fotografie. Nach einigen „Wanderjahren" durch die Bereiche Werbe- und Modefotografie, Farblabors etc. begegnete sie 1965 dem Chefredakteur der Wochenpresse. Er war auf der Suche nach einer neuen Pressefotografin, und Nora Schuster-Merlicek fand ihre Erfüllung in diesem neuen Arbeitsbereich. 30 Jahre lang blieb sie der Wochenpresse und in weiterer Folge der Wirtschaftswoche bis zu deren Einstellung treu.
1984 erschien im Verlag Brandstätter ihr Fotobuch „Aug in Aug. 20 Jahre Politiker-Portraits" mit gleichzeitiger Ausstellung in der Künstlerhaus-Passage. In den letzten Jahren arbeitete sie für das echo medienhaus, in Zukunft möchte sie sich auf das Zeichnen verlegen.

MURAD ŞEKERLI

Freischaffender Fotograf, lebt und arbeitet in Wien. Heimatstadt: Istanbul. Erster ernsthafter Kontakt mit der Fotografie im Klub der Fotografie an der Universität Istanbul. Sein Interesse an Jazzmusik und Fotografie führt zu einem großen Bildband und jahrelanger Zusammenarbeit mit der einzigen Jazz-Zeitschrift der Türkei. Nebenbei zahlreiche Portraits und Reportagen für diverse Zeitschriften in Istanbul.
2002 Umzug nach Wien. Seitdem versucht er, Wien durch S/W-Fotografien zu entdecken und auch zu verstehen. Nebenbei einzelne Aufträge in Portrait- und Reportage-Fotografie.

http://sekerli.info

ELFIE SEMOTAN

Elfie Semotan arbeitete als Fotomodell in Paris, ehe sie Ende der 1960er Jahre hinter die Kamera wechselte und eine internationale Karriere als Fotografin begann. Ihre Arbeiten erschienen in den Zeitschriften Vogue, Elle, Esquire, Marie Claire, Harper's Bazaar, The New Yorker. Bekannt wurde Elfie Semotan durch ihre revolutionären Werbekampagnen für Palmers und Römerquelle. Es folgte eine langjährige Zusammenarbeit mit dem Modeschöpfer Helmut Lang. Elfie Semotan war mit den Malern Kurt Kocherscheidt und Martin Kippenberger verheiratet, die beide früh verstarben. Heute lebt und arbeitet sie in New York, in Wien und im südlichen Burgenland.

www.semotan.com
www.contemporaryfashion.net

CHRIS SINGER

Nach Abschluss seines Studiums der Sportwissenschaften und Prävention/Rekreation erfolgte über sein Hobby Windsurfen der Quereinstieg in die Sportfotografie. Von dort aus entwickelte sich Chris Singers fotografischer Werdegang von GEPA pictures über den Sportmagazin Verlag hin zum freiberuflichen Pressefotografen. Die aktuellen Schwerpunkte seiner Arbeit liegen im Bereich Mode, Lifestyle und Sport.

www.chrissinger.com.

GREGOR TITZE

Geboren 1981, lebt und arbeitet in Wien. Während des Studiums der Architektur wählte er die Fotografie als formales Ausdrucksmittel. Sein Studio in Wien stellt seit 2005 die Basis seiner Arbeit als selbstständiger Fotograf in den Bereichen Mode-, Architektur- und Landschaftsfotografie dar.

http://gregortitze.com

GERHARD TRUMLER

Geboren 1937 in Wien. Ab 1950 erste Kamera-Preise bei Amateur-Fotowettbewerben. Fotografiestudium in München und Wien. Ab 1969 selbstständiger Fotograf mit eigenem Studio in Wien. Bereiche: Werbe- und Industriefotografie, Computer- und Schallplattenindustrie, Dokumentationen, Kunstmonographien, Ausstellungskataloge und Imagepublikationen.
Ab 1978 zahlreiche nationale und internationale Publikationen zu den Themen Kunst, Kultur, Architektur und Natur. Ab 1979 Publikationstätigkeit in österreichischen und internationalen Kunst- und Kulturpublikationen wie Life/Tokio, The Smithsonian/Washington D.C., Zeit/Hamburg, Bell' Europa/Milano, Ovation Magazine/New York, Fashion Foundation Of Mode/Tokyo, FAZ/Frankfurt, NZZ/Zürich, GEO/Paris, Züricher Weltwoche, Rheinischer Merkur/Bonn u.v.a.
1988: Professor für Fotografie
1989: Gründung der Fotoakademie Nordwald in Fraberg im Waldviertel
Insgesamt umfasst das Werk von Gerhard Trumler von 1970 bis heute über 60 nationale und internationale Einzelausstellungen und zahlreiche weitere Ausstellungsbeteiligungen, rund 200 Portfolios mit kulturell, architektonisch und landschaftlich relevanten Inhalten, über 160 eigene Bücher sowie die Mitarbeit an zahlreichen weiteren Werken weltweit. Er erhielt zahlreiche nationale und internationale Auszeichnungen und Preise, z.B. den Preis der Fotoindustrie für Professionelle Fotografie, die Albert-Schweizer-Medaille für europäische Kulturpublizistik, das Ehrenkreuz für Wissenschaft und Kunst der Republik Österreich, das Silberne und das Goldene Ehrenzeichen für Verdienste um das Land Niederösterreich, die Goldene Ehrenmedaille der Österreichischen Gesellschaft für Fotografie und bereits mehrmals die Auszeichnung für „Das Schönste Buch Österreichs".

www.trumler.at

JOSEPH H. WACKERLE/LIN H.

Joseph H. Wackerle entdeckte seine Liebe zur Fotografie bereits sehr früh. Als Druckingenieur war es das Bild in gedruckter Form, das in ihm die Leidenschaft für den Augenblick weckte. Der Weg führte ihn weiter zur Werbung, wo der Blick für den speziellen Moment noch mehr in den Fokus rückte.
Lin H. entdeckte die Liebe zur Momentaufnahme in der Schauspielerei. Sie begleitete sie weiter beim Designstudium und in der Werbung und wurde vor rund sechs Jahren zu einer fixen Idee, die nach Umsetzung schrie.
Dass sich Joseph und Lin unter Josephine & Joseph gemeinsam wiedergefunden haben, ist nicht unbedingt Zufall, auch kein Schicksal, sondern einfach nur passiert.
Gemeinsam entwickeln sie Bildkonzepte und Ideen. Dabei steht immer das Einzigartige des Moments im Vordergrund – je flüchtiger die Zeit, desto bedeutsamer der Augenblick, egal ob es sich dabei um die Inszenierung eines Traumes, einer Fantasie oder das Abbilden des Hier und Jetzt handelt. Die Liebe zum Tun und die Begeisterung für das Bild sind spürbar.

www.josephineandjoseph.com

JULIA WESELY

Geboren 1982. Fotografiert seit langem, intensiv und innovativ. Studium an Graphischen Lehr- und Versuchsanstalt in Wien. Überschreitet gerne Grenzen – reisetechnisch wie auch künstlerisch. Sucht die Verbindung von konventionellen Kunstsparten – von Fotografie, Musik und Mode –, während „Natur" immer wichtige Ingredienz bleibt.
2001 entsteht das Projekt „Mustografie/die vier Elemente", 2003 das Anschlussprojekt „Mustografie/Gemüseaulauf", welches die Verbindung von Musik und Bild in Form einer Ausstellung mit musikalischer Interpretation darstellt.
Von 2005 bis 2009 arbeitet Julia Wesely an einem europaweiten Mode- und Natur-Projekt: „nature in fashion". Dieses Projekt beinhaltet die Zusammenarbeit mit 18 Modedesignern aus verschiedensten europäischen Städten. Die Bilder sind in Form eines immerwährenden Kalenders beim Verlag „Bibliothek der Provinz" erschienen. Seit 2009 wird Wesely durch die Agentur Anzenberger in Wien vertreten. Derzeit konzentriert sich Julia Wesely auf zwei Aspekte der Fotografie – einerseits Auftragsarbeiten und Reportagen und andererseits die Verwirklichung ihrer eigenen Projekte.

www.julia-wesely.com

INGO CORADO WESSELY

Geboren 1965 in Wien. Fotograf, spezialisiert auf Panorama-Fotografie und Art-Fotografie. International ausgezeichnet als MPA (master of panorama art).

www.ingowessely.com
http://gallery.me.com/ingowessely

KURT-MICHAEL WESTERMANN

Als Hamburger Fotograf ist Kurt-Michael Westermann für Magazine wie Art, Die Zeit, GEO, Merian tätig und veröffentlicht auch in Newsweek, Los Angeles Times, Le Figaro, Paris Match, National Geographic Society und Stern.
Er fotografierte für viel beachtete und prämierte Bildbände österreichischer Verlage, wie „Der Basar – Bibliothek des Orients", „Ingeborg Bachmann in Ägypten", und „Attersee – Malen und Leben" sowie als Foodfotograf für „Der kleine Huber", „Besuch in der Wachau", „Süßes vom Sacher" u.v.a.
Westermann ist Mitglied der Agenturen Corbis und Imagno und stellt international aus. Er lebt seit 1978 auch und seit 2005 vor allem in Wien.

www.km-westermann.com

ERWIN WURM

Geboren 1954 in Bruck an der Mur. Lebt und arbeitet in Wien und in Limberg.
Von 1974 bis 1977 besuchte er die Universität Graz, von 1977 bis 1979 das Mozarteum in Salzburg und von 1979 bis 1982 die Universität für angewandte Kunst und die Akademie der bildenden Künste in Wien. Seit 2002 hat er eine Professur an der Universität für angewandte Kunst in Wien.
2007 wurde Erwin Wurm von der Zeitschrift „Kunstjahr 2007: Die Zeitschrift, die Bilanz zieht" (Regensburg, Deutschland) zum „Künstler des Jahres" gewählt.
Wichtige Werkgruppen:
One Minute Sculptures, Fat House, Fat Car, House Attack
Seit 1982 zahlreiche nationale und internationale Einzel- und Gruppenausstellungen, daneben laufend Publikationen in Fachzeitschriften und Büchern.

www.erwinwurm.at

SEVERIN WURNIG

Severin Wurnig ist ein genauer Beobachter mit einem ausgeprägten Gespür für Details. Diese setzt er manchmal unscheinbar, manchmal traurig, manchmal komisch und gerne skurril in Szene. Durch das Zusammenspiel mit Licht und Farben entstehen so sehr präzise Fotografien. Zahlreiche Reisen führten ihn quer über den Globus. Davon zeugen Bildserien mit Aufnahmen aus Andalusien, den Kanaren, den französischen Pyrenäen, Jordanien, Syrien, Mexiko und anderen Ländern. Von 2005 bis 2008 lebte er in Barcelona. Nun hat er seine „base" wieder in Wien und wir dürfen gespannt sein, worauf sein Augenmerk in dieser Stadt in Zukunft liegen wird.

www.wurnig-foto.com

JOHANNES ZINNER

Lebt seit 1989 in Wien und ist seit 1994 als freischaffender Fotograf unterwegs.

www.fotovonzinner.com

ROBERT ZOLLES

Geboren 1965 in Wien. Architekturstudium. Fotografiert seit 1989. Arbeitsbereiche: Sport, Reportage, Firmenfotografie, Architektur, Datenbankservices, Multimedia und Internet.
Seit 1995 freier Reuters-Fotograf.
1996: Gründung der Bildagentur Zolles, mit zurzeit acht freien Fotografen in Wien und zehn freien Fotografen bundesweit.

www.zolles.com

52 FOTOGRAFEN
FÜR
LICHT FÜR DIE WELT

MEIN WIEN

LICHT FÜR DIE WELT

Die Organisation LICHT FÜR DIE WELT hilft seit 20 Jahren blinden, augenkranken oder anders behinderten Menschen in den Armutsgebieten unserer Erde.

LICHT FÜR DIE WELT leistet in 127 Hilfsprojekten in 17 der ärmsten Länder unserer Erde medizinische Hilfe und ermöglicht behinderten Kindern den Zugang zu schulischer Bildung und Rehabilitation.

DIE PRINZIPIEN VON LICHT FÜR DIE WELT SIND:

- Hilfe zur Selbsthilfe
- Aufbau nachhaltiger Strukturen
- Ausbildung einheimischer Fachkräfte
- Integration behinderter Menschen in alle Lebensbereiche
- Einsatz für die Rechte von Menschen mit Behinderungen

Kinder mit Behinderungen gehören in den Armutsgebieten unserer Erde zu den schwächsten Gliedern der Gesellschaft. LICHT FÜR DIE WELT fördert Kinder mit Behinderungen mit einem speziellen Patenschaftsprogramm in ihrer Entwicklung, ermöglicht ihnen Zugang zum Gesundheits- und Bildungssystem und bindet ihr soziales Umfeld in die Förderung ihrer besonderen Bedürfnisse ein. Im vergangenen Jahr wurden 16.000 Kinder auf ihrem Weg in eine eigenständige Zukunft begleitet.
Das Ziel ist, nachhaltig wirksame Strukturen aufzubauen. Daher arbeitet die Hilfsorganisation in ihren Programmländern eng mit lokalen Partnern, nationalen und internationalen Fachorganisationen, Experten und offiziellen Stellen zusammen. Besonderes Augenmerk wird auf die Ausbildung lokaler Fachkräfte gelegt. Nur so kann eine dauerhafte augenmedizinische und rehabilitative Versorgung der Bevölkerung gewährleistet werden.
Zur Vertiefung der Arbeit in den Projektländern hat LICHT FÜR DIE WELT im Dezember 2008 mit belgischen und tschechischen Partnern das internationale Netzwerk LIGHT FOR THE WORLD begründet. Augenkranken, blinden und anders behinderten Menschen wirksam

beizustehen ist nur gemeinsam möglich. Partner und einheimische Mitarbeiter in den Projekten, haupt- und ehrenamtliche Mitarbeiter in Österreich sowie die vereinten Kräfte von mehr als hundertzwanzigtausend Unterstützern tragen diesen Einsatz.
LICHT FÜR DIE WELT arbeitet dabei mit anderen Fachorganisationen und der Weltgesundheitsorganisation zusammen. Das gemeinsam formulierte Ziel ist VISION 2020: Bis zum Jahr 2020 soll kein Mensch mehr erblinden, nur weil es an der notwendigen medizinischen Versorgung mangelt.
LICHT FÜR DIE WELT kooperiert zudem mit anderen entwicklungspolitischen NGOs und Facheinrichtungen und ist Mitglied der Netzwerke ADA, IDDC, Globale Verantwortung und der IÖGV.

LICHT FÜR DIE WELT

Spendenkonto
PSK 92.011.650, BLZ 60.000.
IBAN: AT80 6000 0000 9201 1650
BIC: OPSKATWW

www.licht-fuer-die-welt.at

DANKE!

Ein herzliches Dankeschön
allen mitwirkenden Fotografinnen und Fotografen,
der Agentur Anzenberger (Agentur: www.anzenberger.com, Galerie: www.anzenbergergallery.com),
Monika Obermeier (www.anikahandelt.com) sowie
WestLicht. Schauplatz für Fotografie (www.westlicht.com)
und allen Helfern, die es ermöglicht haben dieses Projekt umzusetzen.

IMPRESSUM

ISBN: 978-3-902672-20-9

SCHOTTENFELDGASSE 24, 1070 WIEN

PRODUKTION: ILSE HELMREICH
PRODUKTIONSASSISTENZ: BRIGITTE LANG
FOTOREDAKTION: CLAUDIA KNÖPFLER
ARTDIREKTION: ALICE RHOMBERG
LEKTORAT: ANDREA JANAUSCHEK-RAFTL
DRUCK: AGENSKETTERL DRUCKEREI GMBH, MAUERBACH
VERLAGS- UND HERSTELLUNGSORT: WIEN

FOTO VON DR. MICHAEL HÄUPL IM VORWORT:
© SABINE HAUSWIRTH
FOTO VON WILLIBALD CERNKO:
© BANK AUSTRIA - MEMBER OF UNICREDIT GROUP